KB070944

청어詩人選 316

당신이 머문 자리

임승식 시집

당신이 머문 자리

임승식 지음

발 행 처 · 도서출판 청어
발 행 인 · 이영철
영　 업 · 이동호
홍　 보 · 천성래
기　 획 · 남기환
편　 집 · 방세화
디 자 인 · 이수빈 | 김영은
제작이사 · 공병한
인　 쇄 · 두리터

등　 록 · 1999년 5월 3일
(제321-3210000251001999000063호)

1판 1쇄 발행 · 2022년 2월 20일

주소 · 서울특별시 서초구 남부순환로 364길 8-15 동일빌딩 2층
대표전화 · 02-586-0477
팩시밀리 · 0303-0942-0478

홈페이지 · www.chungeobook.com
E-mail · ppi20@hanmail.net
ISBN · 979-11-6855-005-6(03810)

당신이
머문
자리

시인의 말

20년을 기다린 꽃

앞마당에 살구나무를 심었다. 잊고 있던 어느 해인가 해맑은 살구꽃이 피었다. 이후 해마다 피어나는 꽃을 보면서 함께 지내온 세월도 20년이 훌쩍 지나가 버렸다.

시인으로서 등단한 해가 20년이 흐르고, 이제 시집을 내고 있으니, 첫 시집이지만 고목나무처럼 새각시 냄새가 나지 않는 것 같다.

누구나 그렇겠지만 삶을 노래하고 정을 그리워하며 내일을 꿈꾸는 것이 인생 아니겠는가.

이제는 삶의 흔적을 남기며 정을 노래하며 이루지 못한 일들을 꿈속에서나마 한 편의 영화처럼 글로써 인생을 만들고 싶다.

남들이 보기에 좋은 시보다는 삶의 꿈이 있는 시를 쓰려고 바둥거리고, 인간의 정과 마음이 감추어진 것을 남기고 싶었다. 그러기 위해 산에 나무를 심고, 들에 꽃을 심다 보니, 세상을 속이는 글쟁이가 되지 않았나 생각이 들 때에는 쓰다 지우고 버린 것이 한두 번이 아니었다.

사람과 대화보다 나무와 거닐며 산과 이야기하는 것이 입가에 웃음이 나고, 호숫가에 이르러 제목 없는 노래를 흥얼거리면 마음이 가벼워지는 것이… 시를 쓰고 싶고 세상이 아름답게 보인다.

앞으로도 나의 행복과 인생의 흔적을 남기기 위하여 이 시집을 시작으로 또 다른 시를 쓰며 남기리라.

설원의 계절, 비껴가는 노을을 보며

임승식

당신이 머문 자리

1부 장미의 눈물

2부 자네 왔는가

3부 바람에 울었노라

4부 나는 보았네

1부

장미의 눈물

한낮에 나비가 찾아와 맴돌다
만나지 못하여 돌아가는
반쪽 사랑 나팔꽃 사랑

붉은 감

푸르던 잎 낙엽 되어 뒹굴고
벌거벗은 나뭇가지에
바람만 홀로 머물 때
그리 높지 않은 곳
하나 남은 붉은 감
지나간 세월의 공간

세월 모르는 아이들
감나무 밑에서 돌팔매질에
한가을이 또 저문다
까치들에
아이들에
마지막 붉은 감
세월의 파수꾼 흉내 내며
가을을 지킨다

산에서 들려오는 이름 모를
산새들의 마지막 가을 노래소리
낙엽에 갈바람에
가을과 함께 부서져 버리고

가을아
까치야
아이들아
세월 붙잡고 몸부림치는
사람들 목쉰 고함소리
너무나 처량하구나

말 없는 이별

조그마한 다방에서 너와 나는
말없이 눈빛으로 대화했지
너와 나 사이에 피어나는 커피 향처럼
말없이 주고받은 눈빛 대화였지

곱지 못한 음반의 멜로디는
슬픈 이별의 제목으로
우리를 애태우고
마지막이라는 낱말을 떠올렸지

추억을 더듬을 시간도 없이
이별의 긴 터널을 헤매며
커피 향이 싸늘하게 식어가도
말없이 눈으로만 대화했지
그리고 우리는
말없이 자리를 일어났지

겨울 파도

간직한 사연도
바다에 묻어두고
바람을 넘으며
또 다른 파도에
아무 의미 없이
밀려만 간다

뱃고동 소리에
자기 몸 갈라져도
말없이 사라져가는
겨울 파도는

먼 길을 치달려
지친 몸을
보드라운 모래톱에
내 던지고
긴 동면으로
스며든다

들국화

오랜 세월 기다린 너
들국화
하이얀 모습 보이며
이제는 너를 피어내야 한다

나비 그리워 봄 향기 속에
노오란 개나리가 부러워
너는 무던히도 속이 상했지

이름 모를 풀벌레 소리 들으며
향기 품어내는 장미가 아름다워
너는 질투하며 마음 아파했지

그러나 너는 봄부터 가을까지
모두가 사랑 받는 계절을 보내고
이제야 너는 홀로 피어나는구나

모두가 스쳐 지나간 그 길들을
흔적을 남기고 간 세월을
너는 이제야 홀로 피어있구나

추억을 묻어두고
낙엽이 흩날릴 때
너는 이제야 아름다움을 노래하며
스산한 들판에 피어나는구나

가을비 들꽃

노오랗게 변한 풀잎 사이로
연분홍 들꽃은 피어나
가을비에 젖어있네

사연들이 빗물에 젖어서
가을비는 조용히 내리네
낙엽과 함께 소리 없이
가을비는 내리고
너와 함께 가을은
소리도 없이 가버리네

그러나
들꽃은 웃으며 좋아만 하고
갈대는 수줍어 고개만 숙이네
가을비가 소리도 없이
가을, 너를 보내고 있네

겨울밤

기나긴 겨울밤 세상의 야속함에
잠 못 이루는 가로등의 외로움
반달의 적막함에 하늘을 본다

차가운 겨울밤 칼바람은
내 몸을 감아 돌고
텅 빈 가로수 나무 사이로
외로운 겨울밤은 소리 내어 운 나

아무리 찾아보아도 따스한 곳 없이
내 목은 움츠리고
작아지는 어깨 너머로
가로등 불빛만 변함 없네

아침 해가 이 밤에 그립다
그러나
또 다른 아픔이 기다리고
세상 속에서 허덕이며
이 밤은 다시 찾아오겠지

살구나무

빛바랜 녹슨 철 대문 넘어
회색빛으로 변해버린
기와지붕 위의 푸른 이끼 그늘 찾고
뒷마당 살구나무 세월에 늙어 갔으나
잎 사이에 열매 감추고 나를 반긴다

어릴 적 먹고 싶은 살구 따려고
돌팔매질에 장독 깨트린
나를 비웃었던 살구나무
세월이 무거운가 담벼락에 기대여
마른 껍질 둘러메고 있구나

죽은 나뭇가지 떨쳐 버리지 못하고
미련 때문에 생과 사를 넘나드는 살구나무
뜰 안 모든 것을 간직한 채
옛 손님 오기만을 기다리고 있는가

살구나무야
외로워 말아라 나 이렇게 왔단다
너의 푸른 열매가 노랗게 익으면
다시 찾아와 돌팔매질이나 하련다

겨울 장미

속살 보이며 눈 감고 외롭게 서서
한겨울 칼바람에 울부짖는구나
따스한 해를 불러보며
세월의 노을 저으며
아지랑이 피는 봄
너의 모습을 그리며
그리움에
외로움에
하얀 눈 옷을 입고 참았지

그리 멀지 않은 훗날
비를 맞으며
나비를 유혹하며
아름답게 피어나기 위해
매서운 겨울 칼바람에
지친 몸을 흔들고 있구나

사랑이 그립더냐
향기가 그립더냐
아름다움은 언제이었던가
회색빛 낙엽 위에 외로운 모습이
기나긴 겨울이 야속하구나
지나간 옛사랑이 허무하구나

목련

한겨울 흰 눈송이 그리워
너는
하얀 꽃으로 피어오르느냐
하얀 눈 맞으며 꿈을 간직하여
너는
하얀 꽃으로 피어오르느냐

나비는 없고 바람에 흔들리며
향기 없는 너
잎도 없이 앙상한 가지에 홀로
외로워하는 너
하늘 바라보며 햇살 유혹하며
봄 처녀 마음 설레게 하는구나

봄의 색깔이 몸단장하기 전에
설익은 봄을 비웃듯
하얀 목련은 피어나
겨울을 아쉬워하는가
뜻 모를 하얀 미소만 머금고 있구나

들꽃

이름도 없이
향기도 없이
가느다란 줄기에
소리 없이 피어나는 들꽃

아름답고 화려함보다
아린 마음 품은 아이처럼
소박한 정이
내 마음을 붙잡는구나

간직하리라
들꽃의 순정을 마음에
아프면서 그리워하는
첫사랑처럼 간직하리라

장미

봄꽃을 시기하여 한 여름에
붉은 피 토해내며 피어나는구나
너의 모습 오래도록 간직하고파
몸에 가시를 감고 있느냐
붉은 벽돌담 감도 돌아 무색하고
너의 가시에 담은 무서워하는데
겹겹이 둘러맨 붉은 치마폭은
바람에 춤추며 유혹하는구나

온몸에 가시 감고 있기에
품어보고 싶은 마음 간절하나
멀리서 바라만 보며
마음이 너처럼 붉게 타오르고
나비도 아름다움에 찾아왔으나
허공만 맴돌고 있구나
그러나
꽃잎 사이에 이슬이 눈물 되어
간직한 슬픔을 말하는구나
언젠가 아름다움은 가고
앙상한 가지에 가시만 남는다고

장미가 시들기 전에

장미가 시들기 전에
당신에게 선물하고 싶네요
내 사랑 꽃송이에 담아
내 마음 전하고 싶네요

장미가 시들기 전에
당신은 오시리라 믿기에
꽃잎 떨어지는 소리를 들으며
기다림은 장미처럼
붉은 마음으로 물들어 있네요

장맛비에 꽃잎이 무거워
바람에 시달려 흔들리는
오늘도 나는 장미꽃을 보면서
당신이 오길 기다리고 있네요

할미꽃

가느다란 목에 하얀 수염
꽃잎에 하얀 머리 감추지 말고
고개 들어 하늘을 보고
햇살을 맞이하시오

잎도 없이 치솟아
분홍빛 저고리에 노오란 옷고름
숫처녀 얼굴 붉히고
고개 숙이고 있으나
당신은 할미꽃

세월에 시달려 허리 굽었고
홀로 삭이는 마음 흰 머리
당신의 마음 담은 꽃에
이슬비 내리는 내려앉아
처량한 할미꽃 마음

갈대의 소리

쓰러질 듯 쓰러질 듯
흔들거리며 일어서는 갈대여
스산한 바람에 시달리며
서럽게 울고 있는가

나약한 너를 지키고자
내 몸을 던져 바람과 싸우다
나 역시 벌거숭이가 되었구나
바람보다 나약한 내 모습을 보면서
너를 바라보는 내가 원망스럽구나

너는 바람과 싸우면서 이겨내
하얀 꽃을 한겨울도 간직하는데
나는
바람을 무서워하며 고개 숙이고
너의 품속으로 웅크리고 있구나

싸각싸각 소리 내여

이젠 나를 위로하는구나

아

나는 너보다 가냘픈 마음이었구나

아

바람이 다시 불어온다

봄이 부르는 소리

겨우내 싸늘하고 가늘하던 햇살이
포근하게 굵어져 내리니
눈감고 하얗게 얼었던 골짜기
눈곱을 떼며 배시시 눈을 뜬다

칼바람에 돌아 누었던 민둥산은
살며시 곁눈질로 꽃샘추위 쳐다보고
발아래 쌓인 눈 떨어내는 고목나무
껍질 속에 감추어둔 파란 잎 떨고 있구나

희멀거니 빛바래 지쳐있는 대나무
외롭게 겨울 마중 나와 있고
철새는 고향 가는 마음 바빠서
날갯짓 준비하고 있다
아
봄이 오는 소리 들린다
겨울이 가는 모습 보인다

나팔꽃

수줍은 보라색 나팔꽃
이슬과 사랑 이야기 하다가
아침 햇살 자장가 소리에
시들시들하다가
이슬을 베개 삼아 잠이 드는구나

한낮에 나비가 찾아와 맴돌다
만나지 못하여 돌아가는
반쪽 사랑 나팔꽃 사랑

완전한 사랑을 꿈꾸며
햇살이 잠든 밤을 기다리지만
어두운 밤에는 나비는 사라지고
풀벌레 소리에 이슬이 눈물 되었네

장미의 눈물

아름답다 노래 부르며
모든 사랑을 누리고 사는 당신
그러나
당신의 고독이 눈물 되어 흐르면
밤이슬에 감추는 것을
나는 숨어 보았네요

님 그리워 외로워 우는가요
봄 향기 보내고 이제야 피어나
서러워 울고 있나요

아침 이슬은 먹고 눈물 숨기지 말아요
당신의 눈물 햇살이 가져가겠지
성난다고 가시 보이지 말고 감추고서
님 부르는 향기만 품어내세요

마음의 나무

두루뭉술 앉아있는 저 산이 분명 내 것인데
지금은 돌아서서 남남이 되었구나
비가 오나 눈이 오나 저 산에 버티고 서서
바람이 오는 것을 알려주던 나무도
이젠 나를 모른 척 외면하는구나
세월이 그리하는 것을 내 어이하리요

이제는
나무는 산을 감추고 만나지 못하게 하고
바람까지 가로막아 붙들고 있으니
나는 벌거숭이 나무가 되어
흘러가는 구름만 쳐다보고 있구나

미련을 버리고 또 다른 산을 찾아
작은 나무를 들고 떠나본다
세월이 흐르면 아픔이 있을지라도
모든 것을 잊어버리고 다시 심으리라

밤의 이야기

저녁노을은
해를 끌어
서산으로 가자 한다
하루의 시달림
무거운 발걸음
산새의 잦아드는 날갯짓

먼발치 아른대는 불빛 떠오르면
아쉬움인가
기다림인가
바람소리 물소리 별 속에서
달과 구름 숨바꼭질한다

새벽닭 홰치는 소리로 아침이 오면
밤은 사라지고 해가 오른다
햇살이 비추이는
세상은 아름다운가

차라리
밤이 길어 끝모른다면
너도
나도
저마다 사연 깊은 이야기도
드러나지 않을 것을

봄이어라

피어나는 가냘픈 잎
연초록 짧은 치마 입고
수줍은 봄처녀 되어
내 마음 설레게 하네

햇살에 그림자 앙상한 가지만
서로 붙들고 있는데
산새 앉으니 반가워
설익은 꼬마 잎 보드랍게
흔들흔들 인사하네

모진 비바람에 갈라지고
뜨거운 햇살에 시달리는
다가올 시련을 모르는 듯
아이처럼 의미 없는 미소로
하늘만 보고 웃고 있구나

빈 배

오늘 하루도 저무는데
나는 언제나 빈 배였다
아무도 타지 않는 빈 배였다

하루 종일 외로움과 싸우다
나 홀로 흔들거리며
이렇게 어둠을 맞는구나

지겨운 하루가 빈 세월로 가고
토막잠을 자야 하는 밤이 오면
황금빛 저녁노을에
어둠을 맞는 호수가 부럽다

어두움은 보고 싶은 님 그립게
밤하늘에 별빛만 뿌려놓고
밤이슬은 내려와 눈물 흘리니
빈 배 삶이 처량하구나

가는 세월

가는 세월아
가는 세월아
너는 그림 한 폭이더냐
구름에 달 가듯 흘러가는
너는 청산유수와 같구나

산새울음 들리고
시냇물 소리 맑은 골
손발 담고
나의 얼굴을 비춰본다
나의 마음을 본다
나는 한 마리 기러기 되어
산을 넘노라
들을 넘노라

꽃을 보며 웃고
내리는 눈을 맞으며
가는 세월아
가는 세월아
세월을 붙잡고

흘러가는 구름 속에 감추고
동행하고 싶어라

초저녁 닭 울음소리는
세월을 미워함인가
미련 담은 아쉬움인가
내일
또 날은 밝고
그렇게 저물리라

풍경소리

산사의 풍경소리가
나뭇잎 사이로 사르르 흐른다
잠시 멈추어버린 빗방울
애기 단풍잎에 대롱대롱 매달려
나를 보고 하고픈 말 있나보다

산사에 적막감이 흐르고 흘러도
아무 말 없이 바람에 떨어지고
이름 모를 산새 소리만 들린다

푸르른 허공에 햇살이 비추면
고목나무 사이로 안개꽃과
풍경소리는 사라진다

겹겹이 쌓인 세상사 이야기
풍경소리에 묻어두고
텅 빈 마음에 내일을 기다려본다

2부

자네 왔는가

이젠
떠나야 할 시간
첫차로 왔다가
아무도 타지 않는 막차에 몸을 싣는다
텅 빈 의자에 쓸쓸함만 앉아
나 홀로
이별의 주인 되어서 간다

만종

사랑의 여운이 사라지기 전에
우리는 떠나야 합니다
지나간 날들
남겨진 이야기
이젠 고이 접어 묻혀 버린 채
이별을 생각합니다

헤어짐을 기쁘게 맞는 것은
헤어짐 뒤에 오는 또 다른 만남
만남의 기쁨이라는 남기기 위해
여운이 사라지기 전에
우리는 떠나야 합니다

밤이 그 밀도를 더하고
이 밤이 깊어가기 전에
추억을 뒤로하고
내일의 만남을 생각하며
우리는 떠나야 합니다

멀리서 펼쳐지는 아침 안개
새벽을 몰고 옵니다
산골짜기 들려오는 산사의 종소리
새벽을 몰고 옵니다
여운이 사라지기 전에
우리는 떠나야 합니다

코스모스

빨강 노랑 하얀
코스모스가 피어 있는 길
세월을 비껴가는 나에게 인사하듯이
키다리 코스모스 바람에 흔들린다

고마운 마음에 눈길 한번 던지니
환하게 웃는 너
흰 구름에 가려 식어가는 가을 햇살에
정겨운 따스한 마음 전하는 너

아래 잎사귀 낙엽 지며 꽃 피우니
너는 계절의 흐름 속에 살고 있구나
가을 맞으며 낙엽 부르니
세월을 머금는 마지막 꽃 코스모스

첫차와 막차

모든 것
끝이 있겠지만
처음인 이별 앞에
첫차와 막차는 사연을 알아
적막감을 싣고 어디로 가나

첫차는
만남의 부푼 마음에
새벽 안갯속에 웃음이었는데
막차는
어두움 속에 지워지는 얼굴
가로등과 사라지는 추억

첫차와 막차의 공간이
긴 세월도 아닐 진데
우리는 너무 멀리 있다

이젠
떠나야 할 시간
첫차로 왔다가
아무도 타지 않는 막차에 몸을 싣는다
텅 빈 의자에 쓸쓸함만 앉아
나 홀로
이별의 주인 되어서 간다

떠나렵니다

님아
나 떠나렵니다
당신의 품에서 떠나렵니다
당신의 사랑은 나에게
너무나 벅찬 사랑이랍니다

불같은 뜨거운 사랑을
남들이 부러워하는 사랑을
당신은 원하지만
그대여
나에게는 당신이 원하는
사랑이 없나 봅니다

작지만 소중하고
조용하지만 가슴 깊은
사랑을 만들고 싶었습니다
당신은 내 사랑을 모르고
내 사랑이 작다고 투정부립니다

사랑은 기쁨만은 아닙니다
사랑은 행복만은 아닙니다
보고픔과 그리움이 쌓이면
사랑은 쌓이고 쌓이는 겁니다

님아
나 떠나렵니다
당신의 품에서 떠나렵니다
당신의 사랑은 나에게
너무나 벅찬 사랑입니다

봄이 오는 소리

회색빛 허물을 벗고
푸른 새잎으로
얼어붙은 산골짜기
물소리 내며
긴 잠에서 기지개를 펴고
소리 없이 일어나
나에게 다가오는 봄
들로 산으로 손님을 맞으러
가벼운 옷 입고서
마중 나가보자

숨어있던 산새 인사하고
회색 허물 속에서
봄은 기다리는데
기다림에 지쳐있나
농부의 손놀림 왜 그리
게으름 피우는가
봄이 오다가
논두렁 밭두렁에서
머뭇거리고 놀고만 있네

봄비가 오려나
서산에 먹구름 내려오고
잠들었던 신작로는
회오리바람에 흙냄새
봄은 소리로 냄새로
봄은 나의 앞에 다가오네

그리움이 새벽을 연다

기약 없는 그리움은
지친 마음을 달랠 줄도 모르고
기다림은 밤을 지새우며 말없이
그리움이 새벽을 연다

달도 가늘어 기나긴 밤에
별과 그리움이 날을 새더니
아픔은 하얀 안개꽃으로 피어나
아픔이 새벽을 연다

밤이슬에 어깨는 무거운데
아침 햇살은 실낱같이 가늘어
물든 옷깃에 슬픔이 젖어 든다

새벽을 여는 안갯속 저 너머
기다리는 님의 얼굴은 보이지 않고
안개꽃이 새벽을 열고 사라지니
발길만 돌아서게 한다

봄비

소리 없이 창문에
흘러내리는 봄비
마음에
눈물 되어 흐르네

모질게 타오르는
보고픔을
봄비 맞으며
씻어 내고 싶어라

그립다
봄비 사이사이에
그대는 있는가
그리운 눈물이
봄비와 만나고 있네

봄비로
내려온 그대
옷깃에 스며
온몸 감싸 안아
그리움을 달래주는구나

모닥불

달빛도 없는 어두운 밤
피어오르는 모닥불 앞에서
밤을 달래어본다
삶의 고통을 불에 던지고
어둠 속으로 사라지는
불꽃을 보며 희망을 보며

불빛은 밤을 밝혀주나
불빛 저편 어둠을
나 홀로 어쩌란 말이냐
내 모습보다 자꾸만 커져가는
등 뒤의 내 그림자
깜깜한 밤과 손을 잡고
모닥불을 짓누르고 있구나

작은 소망 밝히는 불씨
새벽 오기를 기다리며
긴 밤이 두렵구나
바람도 두렵구나
이슬도 두렵구나

무상

기나긴 겨울밤 거울 앞에 다가서
내 모습과 이야기하다가
창문을 열어 찬바람에
거울에 비추어진 마음을 내밀어
갑갑하게 엉클어진 모든 것을
담배 연기에 훨훨 날려버리며
사라져 가는 또 다른 나 본다

삶의 야속함에
나의 초라함에
어두운 겨울밤에 묻어두고
잊으련다 잊으련다
헝클어진 머리를 흔들어보아도
한겨울 찬바람에
이마에 땀방울은 그 무엇이더냐

차라리
어린아이처럼
슬픔도 기쁨도 외로움도 모르는
아무 의미 없이 웃어보고 싶어라

봄이여

봄 햇살 내리는 푸른 대지여
초원이여
봄이여 삶이여
들리는 듯 들리지 않는
대지의 숨소리
초원의 숨소리
풀빛에 날개 펴고 내려앉아
이슬 맺힌 풀 잎새에 숨어
꿈꾸고 있구나

태양 떠오를 때
잠에서 깨어나 기지개 펴며
설익은 얼굴에 수줍음 감추고
나에게 다가와
봄의 숨소리를 들려주겠지

너의 숨소리는 자장가 소리
포근하게 감싸는 엄마 품처럼
너의 햇살에 기대여
꿈속에서 만나고 싶어라

잊으리라

이제야 봄기운이 마음을 열고
어두운 밤에 별을 보며
어둠 찾아 떠난다

내 사랑 쓰라린 아픔을 묻고
훌훌 털어버릴 곳
어두운 밤
소리 없는 밤
오늘이어라

어둠에 그림자도 없어
발자국도 없어
그리워도 찾을 수 없으니
영영 사라지리라

뒤돌아보지 않고
미련도 없이
사랑은 다시 하지 않으리라

여행

사방을 둘러보아도
쉴만한 곳은 없고
한없이 걸어가 보니
발끝은 어느 조그마한 호수가 있네

잔잔한 물결 위로 하늘을 보니
구름 한 조각이 친구 하자 하는구나

무거운 짐 호수에 묻어두고
알몸으로 뛰어올라
구름과 동무하여
세찬 바람에 몸이 부서져도
나는 친구 하고 싶어라

구름과 친구 하며
새벽이면 안개 되어
산자락을 감싸 안아 품어보고
밤이면 달빛 속에 비치는
희미한 내 그림자와
이야기하고 싶구나

조약돌

그토록 갖고 싶었던
기다린 조약돌이
돌 사이사이에 빛이나
하늘을 보며 웃으며
산을 보며 춤추며
조심스레 손 내밀어
보듬어 보았습니다

그러나
조약돌은 미소지으며
그냥 이곳에 있게 하랍니다
보고 싶으면 언제나 찾아와
보고만 가랍니다

하늘을 보고 웃었던
산을 보며 춤추던
내 모습이
투정 부리는 광대가 되어
조약돌 내려놓고
웃음만 지고 있네요

나는 새가 되어

사방을 둘러보아도
내 쉴만한 곳 없으니
씁쓸한 미소 지으며
끝이 없는 하늘만 바라보내

나는 새를 보고 부러워
힘없이 처진 어깨에 날개 달아
갈 곳 많은 자유로운 새가 되어
높이 오르고 싶다

구름 속에 들어가 쉬면서
호숫가에 머물면
물 속에 비친 내 모습 보며
산에 머물러 나무에 걸터앉아
꿈을 그리며 낮잠도 자리라

간이역

긴 나무의자 하나 사람 흔적 없고
해묵은 미닫이문 덜컹거리는
작은 간이역
늙은 간수 하얀 깃발 들고 흔드니
간이역 더 작아 보인다

기적소리만 울리고
바람만 안겨주고
여운만 남겨주고
흔적만 남겨두고 가버린 기차
간이역 외로워 보인다

멈추지 않고 지나가는 기차는
기적소리만 젖어 들고
간이역 지붕 위에 앉은 비둘기
애써 외면하며 고개 숙이고
흙먼지 쌓인 유리 창문
목 메인 소리 애처롭구나

바다와 구름

바다는 구름을 부르고
구름은 바다를 부른다
그러나
바다와 구름은
텅 빈 허공 속에
그리움만 간직한 채
세월만 먹고 산다

비가 오면
아픔을 참아가며 만나고
뜨거운 여름 햇살에
외로운 그림자 흘려보내며
구름은 안개로
바다는 파도로
슬픈 만남 사라진다

지평선 저 멀리
구름과 바다가 만나기에
하늘 끝 바다 끝 쳐다보아도
대화는 없고
침묵만 흐르는구나

밤이 좋아라

외로운 가로등 불빛 붙잡고
밤과 이야기하다가
회색빛 새벽이 빛깔 받으니
실오라기 같은 버드나무 가지에
아침 안개는 잠드는구나

하룻밤 어둠과 씨름하며
안개와 노닐다가
기다리지도 않은 아침 햇살에
친구도 말없이 사라지네
약속한 햇살아
씨름할 고민도 날려 보내주거라

밤이 좋아라
차라리
달도 없는 밤이 좋아라
나를 감싸 안은 안개만 있으면
나는 좋아라

가을 여행

가을이 익어가고 있습니다
아침이슬이 외롭게 보이고
푸르던 하늘이 빈 마음으로
하얀 구름을 기다립니다

이른 아침
귀뚜라미 소리에 눈을 뜨니
엊그제 푸르던 잎이 노랗게 물들어
바람이 불면 떨어질까 봐 두려워서
파들파들 떨고 있네

가을이 가기 전에
세월이 저만치 홀로 서서
나를 오라 하기 전에
오늘은 가을바람과 손잡고
나들이하고 싶어라

내일을 기다리며

낮과 밤이 수없이 맴돌고
사계절이 한 고개를 넘더니
한 해가 가는구나
어릴 적엔 어서 어른이 되고파
아무 생각 없이 좋아라 했건만
중년이 되어보니
이젠
가는 해가 아쉽기만 하구나

그러나
너무나 힘든 삶이런가
현실을 잊고 싶음인가
새로운 삶을 갈망함인가
오늘이 가고 새로운 내일이
새롭게 다가오면 좋으련만

텅 빈 막다른 골목길에
언제나 나 홀로 서서
빈 마음과 빈 손으로
한 해를 보내는 것이
오늘도 변함이 없구나

세월의 정거장

겨울이 가기 싫은가
아니면
되돌아가는 길이 힘드는가

살랑살랑 봄바람에 나들이 좋으련만
돌아앉아 쉬고 있구나
겨울이 초라하게 외로워 보이는구나
겨울 가는 길에 바람아 동무하거라

봄은 언덕 아래에서 졸고 있는데
겨울은 세월의 정거장을 떠날 줄 모르네
가는 겨울에게 손이나 흔들며
쉬어가는 겨울에게 바람아 불거라
그래야 봄이 온단다

가을과 친구 하고 싶다

미련 없는 무거운 짐을
힘들게 지고 가는 나에게

개울 건너 아침 안갯속에서
가을이 손짓하며 부르고 있다

네 짐이 너무 무거워 가지 못하니
가을아 네게로 오거라

허무한 세상에 지친 나에게
너의 향기나 뿌려다오

그리하면 나는 다시
가을 너와 친구 하련다

자네 왔는가

친구여 자네 왔는가
악수하는 손이 차갑고 거칠구먼
입가에 미소도 없는 것이
사는 것이 무척 힘들고
외로운가 보네그려

웃음에 나타나는 눈가의 주름
머리엔 흰머리가 더 많으니
자네도 나이를 이기지 못하여
세월에 밀려가는 삶을 살고 있구먼

꽃이 피고 지고 푸른 잎 단풍 들면
좋아서 웃다가 얼굴에 주름만 늘어나고
자식놈 크는 재미에 내 몸 돌보지 못하여
세월의 뱃살만 늘어나는구먼

밝은 가로등보다
달빛 새어나오는 신작로가 그립고
흙 냄새 없는 좁은 골목길보다
친구와 뛰놀던 앞 동산이 그립구만

친구여
다음에 다시 만날 때는
세상을 속이더라도
얼굴에 분장하고 청바지 차림에
시끌벅적한 포장마차에서
술 한잔에 세월을 마시며
옛이야기나 밤새도록 나누세

3부

바람에 울었노라

그대 앞에 다가선
국화 한 송이
영혼을 달래보며

그대여
편히 가시라
용서하시라

방황

해 질 녘 허공으로
밤은 나에게 내려오고
하루의 아쉬움인가
사람의 그리움인가
개 짖는 소리 밤의 주인 되어
홀로 외로워한다

밤을 알리는 별
가로등의 몸살이 시작되었다
밤이면
문을 열어 들지 않아도
사색의 문
어느새 그 안에 있다

삶의 영혼을 다듬어
구부러진 모습으로 방황하니
아침 해가 뜨는 내일이
어디서 와줄 텐가
삶의 몸짓들을 이렇게
흘려보내야 하는가

바다에 가고 싶다

바다에 가고 싶다
파도가 부서져
하얀 꽃으로 피어나는
바다에 가고 싶다

꽃은 금세 사라지지만
파도는 다시 꽃으로 피어나
나를 위로해주는
하얀 꽃으로 피어나는
바다에 가고 싶다

먼 길을 달려온 파도가 부서져
순간에 피었다가
순간에 사라지며
내 마음을 알아주는
하얀 꽃 보고파
바다에 가고 싶다

기다림

울어라 두견새야, 저녁노을 진다
울어라 두견새야, 황혼이 물든다
오늘 아침 까치울음에 마음 설레더니
두견새 울음소리 나의 마음 아파오네

돌아서는 발길은 무겁도다
기다리는 마음은 허전하도다
밝은 옷 입고 언덕 위에 기다린 세월도
밤하늘 별처럼 많을 진대

울어라 두견새야, 저녁노을 진다
밤마다 어둠에 나의 마음을 묻고
눈물 흘리는 이 밤이 찾아오는구나
울어라 두견새야, 저녁노을 진다

그리움에 젖어

지겹게도 긴 밤이
빨리도 찾아오는 산골은
사뭇 적막감만 깊어만 간다
창에 부딪쳐 굴러 내리는
달빛 소리가 고요하구나

창밖에 앙상하게 부는 바람 타고
스산하게 부서지는 달빛 소리에
그리운 얼굴 보고 싶은 사연들
방안에 담배 연기만 자욱하구나

한순간 같이 웃고 슬퍼하며
깊은 정 나누었던 그 시절 떠올라
달빛 소리 들리는 기나긴 밤
애처롭기만 하구나

달빛 소리 창밖에 사라질 무렵
세월이 가듯 그리움도 가는데
어느 낯선 땅 달빛 아래
그리움에 젖어 마음을 달래보나

고뇌의 길

너무나 힘든 이 길은 가시밭길 진흙탕 길
어려운 이 길을 걸으며
투덜대며 짜증내며
인생길을 한탄만 하고 있으니

그 옛날 어머니 손 잡고 신비로움에
세상 구경하며 거닐던 길을 가고 싶다
작은 길이지만 희망을 느끼며 걸었던
그 길을 더듬어보고 싶다
아름다운 노래 부르며 푸른 숲에서
꿈을 만들며 걸어온 그 길이 그립다

인생의 길목에 서서
화려했던 과거만 그리워하고
남들이 지나간 평탄한 길만 가려하니
삶의 길이 힘들지 않겠는가

이 험난한 길을 걸어가면 언젠가는
마음 편안하게 하는 포근한 길
아름다운 꽃길도 있으리오

가을

언제나 마음 한곳에 외로움이
크게만 느껴지는 가을에
당신이 함께 하는 가을은 행복합니다
모두가 말없이 떠나가고
텅 빈 가슴이 커져만 가는 가을
외로움만 마음속에 남아
쓸쓸함에 젖어있는 가을에
당신이 포근함을 전하니
가을이 아름다운 추억으로
내 마음에 내려앉아 있습니다

당신과 함께 하는 가을은
바람도 다정하게만 느껴집니다
당신과 함께 하는 가을은
갈대도 낙엽도 다정하게만 느껴집니다
우리의 사랑의 열매가
가을의 만추에 어우러져
너무나 소중하게 느껴집니다

그리움

그대 얼굴 그리우면
깊이 깊이 감추었던 사진을 보며
외로운 마음 삭인다
하지만 끊이지 않는 그리움이
마음 한구석 빈자리 남아
기나긴 강이 되어 흐른다

다가올 이별이라는 슬픔을
연습이라도 하듯
그리운 마음 삭이며
그대 떠난 자리에 앉아본다

그 옛날 행복은 아물아물 거리고
그리움이 고독이 되어
내 마음을 젖어온다
나 홀로 가을에 낙엽과
밤하늘의 별들과
그리움의 고독을 태워본다

외로움

창문 넘어 코스모스가 흔들거린다
빨강 코스모스는 나비를 불러본다
노오란 코스모스는 벌들을 불러본다

부르다 지쳐 햇살만 바라보다
사르르 잠이 들어 꿈속에 헤매다
하얀 나비가 내려앉으니
눈 비비며 잠에서 깨어나 반갑단다

그동안 외로웠다고 살랑살랑거린다
가을은 익어가고 산들바람은 불어오니
저 산 넘어 겨울이 기웃거린다

가을이 가기 전에
빈 하얀 겨울이 오기 전에
친구 찾아 떠나고 싶다

홀로 살고 싶다

세상에 속아 살아온 세월
사람에게 속아 살아온 인생
많은 사연들
하늘이 아는가
땅이 아는가

산에서 들에서 세월은 말없이
봄은 오는데 봄은 오는데
내 마음은 얼어붙어
꽃피는 봄은 언제 오려나

빈 세월만 먹고 살아온 사람이
산에 올라 소리쳐 본다
거짓 세상아
더러운 인간아
나는
모든 것을 벗어 던지고
떠나가리라
아무도 없는 어느 하늘 아래
홀로 살고 싶다

허무한 인생

바다에 가고 싶다
파도에 몸을 싣고
아무도 모르는
섬에 가고 싶다

나를 모르는 곳에
나도 아무것도 모르는
외딴섬에 가고 싶다
과거도 없고 내일도 없는
다만 오늘만 존재하는
섬에 가고 싶다

불빛도 없는 소리도 없는
다만 밤이면 별들과
낮이면 구름 사이 햇살과
어우러져 보고 싶다

세상의 모든 것을 지우며
나의 현실을 벗어 던져
알몸으로
외쳐대고 싶다

영혼

그대의 모습
붉은 불빛 속으로
타오르며

그대의 웃음
검은 여기로
사라지고

그대의 목소리
어둠의 공간에
목 놓아 울 때에

하늘은 말 없고
우리의 대지는
바람만 불었나

이제야
하늘은 빗물이요
산 자의 통곡소리

그대 앞에 다가선
국화 한 송이
영혼을 달래보며

그대여
편히 가시라
용서하시라

*용산화재 참사를 보면서 씀

이런 친구가 있었으면

난 이런 친구가 있었으면 좋겠다
외로울 때 외로움을 달래주는 친구
갑자기 술이 생각나 전화하면
먹기 싫어도 술을 따라주는 친구
김치에 청국장 입 냄새 풍겨도
웃음으로 이야기 들어주는 친구
난 이런 친구가 있었으면 좋겠다

늦은 밤에 잠은 달아나고 외로워서
자정이 넘어서 전화해도 받아주고
머리는 감지 않고 추리닝 옷차림에
하품하면서 이야기하여도
아름답게 봐주는 그런 친구
난 그런 친구가 있었으면 좋겠다

사랑이 그리울 때 사랑을 주고
외로워 할 때에 옆에 있어 주고
슬플 때에 기쁨을 주는
난 그런 친구가 있었으면 좋겠다
나는 그런 친구를 찾고 있다
지금이 순간에도

산장의 카페

당신에게 전화를 걸어
산까치 날아와서 울어주던
산장의 카페에서
만나자고 할 거요
산까치가 그리워
꽃향기 그리워
그러는 것은 아닙니다

당신과 대화하는 그 자리에
당신의 미소가 커피 향에 실려
내 마음을 파고듭니다
아름다운 당신의 목소리
잔잔한 음악 속에 담겨
귓가에 머물러 있습니다

당신과 함께
음악을 들으며 커피를 마시며
당신의 미소를 가슴에 담아
봄 향기 속에
피어나게 할 겁니다

바보 인생

휘청거리는 나뭇가지 사이로
수줍게 내미는 밤의 하얀 얼굴
모든 것을 잃어버린 나를 보며
나와 친구 하자 한다

바보처럼 살아온 내 인생이
흐르는 눈물에 비추어져
안타까워 그리하는가
바보라서 그리하는가

아무도 없는 이 밤에
사연 들어줄 사람 없는데
차라리
내 그림자와 친구 하며
나는 홀로 있고 싶단다

아내여

우리 처음 만난 그 옛날은
천사처럼 하얀 피부에
내 마음도 하얀 뭉게구름 되었는데
이제는
얼굴에 잔주름이 하나하나
검은 기미도 듬성듬성
당신의 인생이 보이는구려

당신과 함께 세월의 강산이
두 번이나 지나간 지금
사랑은 얼마나 주었던가
행복을 얼마나 주었던가
당신을 바라보니 할 말이 없구려

꿈같은 신혼은 아이 젖먹이며
단장할 수 없는 아줌마 되었고
이제는 학부모 되어
정신적인 고통으로 살으니
당신의 아름다운 인생은
그 어느 곳에 있단 말이요

거칠어진 당신 얼굴 화장하고
화사한 옷 차려입고
내일은
손잡고 거닐며 봄나들이 갑시다
지금도 당신에게 줄 것은
이쁜이라오 아내여

구름에게

그동안 잘 있었나 보구나
어디에서 무엇을 하였는지
나에게 말하지 않아도 괜찮아
나를 생각하고 다시 찾아왔으니

바람이 너를 가로막아 이제야
세상 구경하다 이제야 온 것을
나는 이해할게
너의 편안한 그림자 받고 있으면
포근한 솜이불처럼 행복하거든

바람이 불더라도 떠다니지마
내 잠들어 밤에 달이 떠올라
너를 유혹하더라도 흔들리지마
나는 언제나 너의 그림자 속에 있어

모진 비바람에도 너는 견딜 수 있어
한낮의 뜨거운 햇살도 너는 변함없을 거야
내 곁을 떠나 세상 구경하다
이제 왔지만 나는 너를 믿거든

구름아 이젠 변함없는 친구 되어
너의 그림자 속에 내 그림자를
품어 안고 살아보자

꿈속에서 만나리라

우리 인연 너무 멀리 있기에
밤이면 그리움과 씨름하다가
베개 눈물자국에 잠이 들면
우리 꿈속에서나 만납시다

푸른 파도 위 지평선 저 넘어
당신은 창가에 멍하니 서서
희미한 당신 얼굴 바라보며
그리움에 젖어있는 내 얼굴을
유리창에 그려보겠지

내 삶 속에 자리 잡은 당신
온종일 그리워하다
꿈속에서 만나지 못하면
창가에 아침 햇살이 얄미워
밤을 미워하며 눈만 감고 있다오

밤이면 꿈속에서 헤매다 지쳐
지평선 넘나드는 한 마리 새가 되어
훨훨 날아가 당신을 만나보고파라

바람에 울었노라

손바닥보다 작은
작은 잎새가
바람에 흔들리네

내 손은 멈추어 있는데
작은 이파리는 흔들리네
바람에 흔들리네
잎새 내 마음이구나
바람 나를 버리는구나
그래
나는 가련다

흔들거리는 잎새와 함께
사라지련다
그러나
나는 이 자리에서 오늘을 보내며
내일을 맞으리
바람이 없는 그 날을 기다리며
그저 기다리리
바람을 두려워 하며 기다리리

비 개인 오후

비를 내려놓고 구름은 가벼운 듯
속살 보이는 하얀 뭉게구름
산기슭에 팔베개 하고 누어
저 멀리 아물거리던 산자락이
눈앞에 다가와 손짓하기에
지친 몸을 일으켜 산에 오른다

주름진 이맛살에 땀방울은 고여
지친 세월을 동여 메고
엉클어진 산새 소리 의미 없이
이산 저산 넘나들고
메마른 마음 구석에 가슴골 파여
가느다란 눈물이 흐르네

내 모습은 산기슭에 홀로 앉아
죽어도 일어서야 하는 시간을 붙잡고
허기진 지친 손을 휘저으며
거친 숨소리만 골짜기에 흐른다

새는 울어도 눈물 없지만
나는 소리 내여 울지 않아도
말없이 눈물만 흐르니
세월을 미워하다 후회하다
이렇게 한세상 바라만 보고 있구나

내가 까치라면

내가 만약 까치라면
저 높은 곳에 집을 짓지 않고
작은 나무에 둥지를 지으리라

바람이 불면 흔들거리고
흙냄새 맡으며
사람들을 기다리리라

멀어져 가는 정을
품어 안아
깃털에 간직하며
마음에 가두리라

작은 둥지를 보며
초라하다 비웃더라도
높은 둥지 부러워하지 않고
나는 소리 지르며
날갯짓 더 힘차게 하리라

너를 만나면

너를 만나면 아무 생각 없이
두 팔로 보듬어 꼭 안을 거야

사랑도 모르고
정도 모르면서
그냥 보듬어 안을 거야

서로 눈빛으로
서로 미소로
우리는 주고받으며
우리 사랑을 만드는 거야

아무 말 없이 우리는
마음의 대화를 생각하며
우리 사랑을 만드는 거야
그리고 우리는
바다로 산으로
사랑의 흔적을 남기려
손잡고 떠나는 거야

가을의 문턱

내가 본 것은
분명
별과 달
하늘은 어둠에 죽어있고
하나의 희망이 빛
나는 붙잡고 있다

내 가지 않으니
빛은 내려와
내 몸을 보듬어 울며
바람에 날리며
멀어져만 가는구나

붙잡을 힘도 없다
하고픈 말은 입가에 머물고
그저
떠나는 불빛만 바라보며
눈물만 흐르는구나

4부

나는 보았네

바람에 돌아누워 눈감고
허공에 헤매는 구름에 마음 주며
무거운 어깨를 이기지 못해
메마른 모퉁이에 앉아 있는
나는 누구인가

나는 보았네

나는 보았네
마른 겨울 찬바람에
동설에 죽어가는 사랑을
나는 보았네

텅 빈 산모퉁이 더듬거리며
불어오는 칼바람에
이별가도 부르지 못하고
떠나가는 님을
나는 보았네

겨울이 입을 닫아버렸나
바람이 손을 안아버렸나
변명할 시간도 없이
붙잡을 힘도 없이
빛도 없는 망부석이 되어
겨울바람에 눈도 감았네

삶의 시련

고개를 들고 하늘을 보며
구름에게 물어보자
나는 왜 울어야 하느냐고
손을 대고 땅에게 물어보자
나는 왜 속아야만 하느냐고
먼 산이 그것도 모르냐고 비웃고 있다

바람이 아픈 마음을 파고들어
피멍 들게 하는구나
하늘도 땅도 돌아서는데
세상사 누구를 믿고 살거나
술 한 잔이 그립구나
담배 한 모금이 그립구나

묻어두고 가려니 빈 몸이요
품고 가자니 힘든 세상사
봄이나 어서어서 오거라
지친 몸 낮잠이나 자련다

나는 누구인가

바람에 돌아누워 눈감고
허공에 헤매는 구름에 마음 주며
무거운 어깨를 이기지 못해
메마른 모퉁이에 앉아 있는
나는 누구인가

어두움이 나를 가두어 놓고서
밤하늘의 별들이 비웃는다
희미한 달빛은 나를 보며
더러운 옷을 훌훌 벗고서
알몸으로 살라한다

움직이는 세상 모든 것이
마음을 아프게 하는구나
순간은 영혼을 지키지만
삶을 지키지 못하는
나는 누구인가

가난한 사랑

그대를 사랑하는 내 마음이 가난하고 빛이 없기에
언제나 외로움에 젖어 하늘을 보며 또 보며
흰 구름 한아름 사랑 한아름
내 품에 안아서 그대에게 드리는데

그대는 나의 사랑이 지금도 가난하고 작아서
외로움과 허전함을 말하며
이별을 말할까 망설이고 있네

긴 세월 기다리며 어렵게 하는 사랑이기에
나는 언제나 부자였고 찬란한 사랑의 빛이었는데
그대는 지금 이 순간 이별을 말하려 하네

아름다운 향기도 내기 전에
소중한 열매도 맺기 전에
사연도 없이 그저 그런 사랑이 되어가고 있네
흔적도 없이 이름 없는 사랑이 되어가고 있네

숨겨진 사랑

그대의 만남이 우연의 만남이 아니라
서로가 원하여 필연의 만남이라면
이 순간 우리의 정을 사진에 담아
고이고이 간직하여야 합니다

아침저녁 찬 이슬에 가을이 찾아와
우리의 사연이 낙엽 되어 떨어지면
조심스레 주어서 사랑의 책 속에
고이고이 간직하여야 합니다

낙엽 지고 흰 눈이 모든 것을 감추어도
아무도 없는 새벽에 안개처럼 피어나
사랑의 발자국을 살며시 남겨서
고이고이 간직하여야 합니다

그대와 사랑이 아름답다 하여도
남에게 자랑 못하는 우리의 사랑
우리만이 영원을 약속하며
고이고이 간직하여야 합니다

우리의 사랑은 숨겨진 사랑이지만
그대와 나는
고이고이 간직할 겁니다

하루

무거운 짐을 어깨에 걸친 것도 아닌데
거친 숨소리 허걱대며 하루를 보내며
힘없이 초라한 석양을 맞는다

그래 이렇게 대지가 식어가듯
우리의 희망도 식어가는 것을
그래 이렇게 어둠이 다가와
우리의 마음도 무거운 것을

모든 세상사가 잠들기 전
나는 말하고 싶다
우리들의 기쁨이 무엇이냐고
오늘 하루 이룬 것이 무엇이냐고

땅들아
하늘아
사람들아
모든 것을 잊고 살아보자
모든 것을 버리고 살아보자
그리고 하얀 옷 입고
하얀 꿈이나 꾸어보자

순간에 끝나는 것은 아니겠지요

어느 날 햇살 아래 활짝 피었다가
꽃향기도 피우기 전 순간에 지는 벚꽃처럼
우리의 사랑이 순간에 끝나는 것은 아니겠지요
이른 아침 아름답게 피어오른 안개꽃이
아침 햇살에 순간 사라지는 안개꽃처럼
우리의 사랑이 순간에 끝나는 것은 아니겠지요

우리의 사랑은 당신과 나만이 간직하는
마음 한구석 작은 사랑이지만
소중히 오래도록 영원하겠지요
언제나 어디서나 당신을 부르면
다정한 모습으로 당신이 찾아와
사랑을 노래하며 만나겠지요

순간에 스치는 사랑도 아닌
당신과 나만이 간직하는
영원한 사랑이겠지요
모두가 이루어질 수 없다 하여도
우리의 사랑은 아무도 모르게 아름다움으로
사랑의 흔적으로 남아있겠지요

사슴

사슴의 목이 긴 것을
님을 기다리다 위해 긴 것이요
사슴의 귀가 큰 것을
님의 목소리를 듣기 위해 크다는 것을
이제야 알았습니다

사슴의 울음소리가 없는 것은
사랑 노래 부르다 목이 멘 것을
가늘어진 다리는 님을 기다리다
언제나 서 있기에 그러한 것을
이제야 알았습니다

사슴과 외로운 친구가 되어
들로 산으로 헤맬 때
피어난 꽃이 그리움의 눈물인 것을
이제야 알았습니다

어느새 나도
짝을 잃어버린 사슴이란 것을
기다림에 지친 사슴이란 것을
이제야 알았습니다

나의 노래

슬픔보다 기쁨이 담긴
음악을 듣고 싶소이다
하늘 얼어붙어
캄캄한 밤거리
가슴 깊이 젖어드는 목소리
바람에 방황하는구려

슬픔을 알려주며 눈앞에 아른거리는
어둠 속으로 날아간 잘못된 과거
차라리 음악 없이 별을 세며
나 홀로
노래하며 달아나고 싶소

어이하리요 어이하리요
휘청거리는 마음을 달래보며
어둠에 불빛 찾아보려고
가락 없는 나의 노래
인생을 노래하나
절망을 노래하나
세월을 먹고 살아가고 있구나

그리운 고향

높지 않은 돌담 대문 없는 마을
꽃이 피고 새가 울던 산골
할머니 손을 잡고 서 있던
좁은 모퉁이 그 길이 그립다

내 키 열 배나 되는 긴 나무
숨바꼭질하며 숨어있던 장독대
가재를 잡던 냇가가 그립다

좁은 신작로 길 작은 돌멩이에 덜컹대며
달구지 소리에 힘겨운 늙은 소 숨소리
뛰놀며 쫓아가는 송아지
어설픈 울음소리

바람에 울어대는 문풍지 소리와
밥 먹어라 부르는
엄마의 목소리가 사라지지 않고
지금도 귓가에 맴돈다

당신이 머문 자리

내가 외로울 때
언제나 나의 자리에는
당신이 옆에 있기에
우리의 행복은 영원하리라
이별이라는 슬픔이 없으리라

그러나
당신이 머문 그 자리에는
그리움이 바람으로 머물고
나는 홀로 외로워
슬픈 노래 부르며
당신을 애타게 기다립니다

이렇게 헤어질 줄 알았다면
차라리
당신과 나의 사랑을
변치 않는 흑백사진으로 남겨
마음속으로 새길 것을
당신이 머문 자리를
그리워하고 있구나

정자나무

언제나 너는 그 자리에서
세월의 흔적을 먹으며
몸이 부서져도
봄이면 새싹을 피어내는구나

비가 오면 맞으며
비 소식을 알려주고
눈이 오면 가지에 보듬어
눈 오는 것을 알려주는 너
뜨거운 여름 햇살 이겨내며
시원한 그늘 만들었지

모두가 떠나가도 너는
언제나 이 자리에서
삶의 모든 것을
너 홀로 간직하였으니
이젠 너의 고통을
말하려무나

그림자

해는 나무에 기대여
붉은 노을 이불 덮고
어둠의 밤이 나에게 다가오는구나

눈길 가는 가느다란 희망은
길 따라 늘어진 가로등 불
길 따라 걸어보니
외로운 그림자만 사방에 있네

그리웁고 만나고 싶은 그림자
잊고 싶고 보기 싫은 그림자
이 밤을 채우고 있네

차라리
홀로 외로워 처량하더라도
달빛의 그림자 찾아
불빛 없는 들판으로 가련다

당신을 그려봅니다

아카시아 향 피어나는 꽃길 따라
좁은 길모퉁이 돌아서
그 옛날 앉아 노닐던 바위에
코끝이 시리도록 아카시아 향기는
그 옛날과 같은데 당신의 향기는 없구려

이별의 세월은 길지 않으나
당신의 얼굴이 아른거리며
희미하게 맴돌다 맴돌다 사라지기에
사진을 보며 당신을 그려봅니다

혹이나
아름다운 당신 얼굴을 잘못 그려
당신이 밉게 보이더라도
미소가 아름다운 당신의 모습을
내 그리지 못하여도 당신을 그려봅니다

당신의 사진과 그린 그림 사이에
아카시아 향기를 담아
곱게 접어서 내 품에 간직하렵니다

세상사

안개가 사라지고 날이 밝아오면
힘겨운 세상사에 하루를 보내며
밤이면 어둠과 불빛의 갈등으로
술과 친구 하며
내 모습이 허공에 방황하는구나

흔적을 지우고 싶어 순간을 지우고 싶어
술 한잔에 현실과 멀어져
망각 속에 살려고 눈을 감고서
나만의 환상에 젖어본다

그러나 어두움 속에 밀려오는 환상은
말 없는 그림자 홀로 외롭다 하고
침묵 속에 시계 소리 가슴을 파고들어
쓰라린 마음에 파도만 일고 있네

세월은 내 손에 잡히질 않고
허우적거리며 몸부림치는 나를
비웃으며 도망가네

울음

하얀 고사리손을 꼬옥 쥐고
온몸을 부대끼며
눈물 없이 울어대는 갓난아이

세상 고통 아직은 모를진대
인생 설움도 모를진대
아픔이 무엇이기에
이토록 울며 서러워하는가

티 없는 하이얀 얼굴 해 맑은 눈동자에
말 없는 무언의 표정은
어지러운 세상이 보기 싫은가
헤매는 삶이 서러워서 그러는가
어른이 되기 싫어 그러는가

아가야
살다 보면 서러워도 울지 못하고
아픔이 있어도 눈물 흘리지 못하니
한없이 울 거라 눈물 흘리거라
그러면 어른이 되는 거란다

나는 오늘 달을 보았다

밤에 하고픈 말이 있다기에
달빛 비추며 말한다기에
나는 오늘 달을 보았다

부끄러워 말 못하고 달빛만 비추니
달빛에 내 그림자 커져만 가는데
하고픈 말 내 그림자에 숨었나
달과 그림자만 움직이고 있네

밤이슬에 담아 내리는 달빛 사연은
꽃처럼 피어나 풀잎에 내려앉는데
밤을 새며 바라보는 나에게는
사연 감추고 말하지 않은가

달빛은 사그러들고
영겁의 세월을 먹고 사는 아침 해는
내 마음도 모르고 떠올라
내 그림자를 다시 만들고 있구나

내 그림자에 사연 묻어두고
아무 말 없이 가버린 달을
나는 오늘도 달을 보았다

대나무 이야기

바람이 물면
사각 사각
톱질하는 소리

비가 오면
후두둑 후두둑
잎 떨어지는 소리

홀로 살겠다고
하늘만 바라보는
대나무
눈보라에 변함없는
대나무

내 있으니
나를 부르며
동무 찾는 소리

부럽구나
나
너에게 왔으니
친구 하자꾸나

봄 여름 가을 겨울
너의 세월 속에
너의 동무 되고 싶다

삶의 고통

들에 메마른 풀처럼 지쳐버린 인생
시련을 이기지 못하고
삶의 고통은 한 많은 신음소리
톱니바퀴에 삐걱거리며 돌아가는구나

술잔에 비친 얼굴 분명 내 얼굴
마음을 비춰어 볼 수 없으니
먹은 술에 쓰라림을 담아 생을 토해내
빈 술병에 마음을 담아 가두리라

처절한 몸부림 몸만 망가져 가고
방황하는 마음 바람이 가져가
허공에 흔적 없이 사라지는구나

허무

달을 보려고 하늘을 보니
오는 길도 없이 나에게 다가와
고독만 주고 가네

달아
약속한 친구야
원망하고 성내니
구름에 숨어 어두움만 주고 있네

그렇구나
그렇구나
나 홀로 친구 하였구나

새벽이면 말없이 사라질
가로등과 친구 하여
무거운 짐 기대여
이슬이나 맞으리

그림자

발끝 바보 같은 내 그림자
보기 싫다
살아 있다고 숨 쉬는 소리
듣기 싫다

무너진 돌담 사이로
초라한 초가집 보이듯
거울에 비친 내 모습
어두운 그림자구나

날개 펼치면 날아가는
하늘을 나는 새가 부럽다
비바람에 말없이 서 있는
정자나무가 부럽다

길 잃은 나그네 흉내며
한잔 술에 소리 질러 울며
담배 연기에
세상사 날려보내자

홀로 살련다

너무나 힘들기에
나 이젠
누가 뭐라 하여도
나 홀로 걸어가련다

화려한 지난 일 잊고
그 누가 유혹하여도
나는 바위처럼 산처럼
모든 것을 잊고
홀로 살련다

남들이 욕하여도 좋다
바보라 하여도 좋다
나 홀로 외로워도 좋다
너무나 힘들었기에
홀로 살련다

겨울잠

화려하였던 너의 모습이
세월을 먹고 살아온 죄악으로
벌거벗은 빈 몸에 초라함 두르고
앙상한 가지만 있구나

거미줄 같은 엉성한 너의 그림자
바람에 아파하며 소리 지르는 너
외로움을 잊을 봄이 오려면
긴긴밤을 얼마나 지새워야 하는가
차라리
흰 눈이라도 덮었으면 좋으련만
겨울의 문턱에 서서
가는 세월의 고갯마루가 힘드는구나

너의 외로움에 서글픔에
까치집을 지으리라
세월을 먹고 기다림을 잊고
겨울잠을 자련다

하얀 마음

무더운 어느 여름날 우리 사연은
낙엽 타고 바람에 날리더니
이젠
흔적을 덮으려 눈이 내립니다

하얀 마음이 아파 오면
마음에 아픔을 얻고
당신 사랑을 생각합니다
내리는 눈에게 애원하며
보고 싶다 말하고 있습니다
이별은 만남의 기다림이요
외로움은 이별의 아픔이라오

달빛도 희미한 반쪽 빛깔에
기나긴 겨울밤이 야속하게도
어두운 내 그림자와
외로움이 하얀 눈과 동행하는구려

자화상

거리에 가로등 켜지면
이 밤도 별은 내린다
가느다란 반쪽 불빛이
창 틈 사이로 나들이하면
어두움은 밤 이야기 먹고 산다

기나긴 겨울밤에
밤 이야기는 지쳐 졸다
입을 다물어 가면
별들은 몰래 사랑을 나눈다

별들의 사랑을 훔쳐보다 잠들어
너무나 외로운 모습으로
밤의 긴 늪 속으로 사라지는
낡고 퇴색한 자화상의 꿈을

바람아 불어라
꿈속에서 깨어나
작은 불빛에 누어
별의 사랑이나 훔쳐보련다

보름달

희미한 속살 보이며 다가와
방황하는 내 어깨에 내려앉아
유혹하는 처녀 보름달

모든 세상 넘치게 비치며
외로운 겨울밤의 공허를
달래주는구나

친구 하자며 살며시 손을 내미니
내 등 뒤의 그림자가 비웃는구나
밤이 가기 전 너를 만지고 싶다

그러나 자꾸만 멀어져 가는 너
꿈속에서는 만나주겠지 믿으며
잠이나 자련다

고통의 뿌리

한 줌의 흙을 움켜쥐어
인생을 조롱하는 하늘에 뿌린다
바람에 날리는 흙은 먼지가 되어
풀잎에 내려와 말없이 죽어간다

하늘과 땅에게 하소연하여도
내가 원하는 세상은 오지 않는다
그저 이렇게 어두운 하루가 가고
못 다한 말만 쌓이고 쌓여서
구린내 나는 찌꺼기만 늙어 간다

누가 꽃을 보며 아름답다 하는가
누가 하늘을 보며 푸르다 하는가
어둠에 갈라진 처절한 빛을 보라
흐르지 못하고 썩어가는 물을 보라
아름다움은 어디 있는가
가슴 열고 소리 나는 웃음은 들리는가

새소리가 노랫소리인가 울음인가
꽃의 향기가 언제나 머물러 있던가
먹구름은 비를 몰고 오듯
삶의 고통은 생을 처절하게 만들고
세월은 우리를 슬프게 만드는구나

허우적거리며 발버둥 쳐보면
어느새 잔주름만 늘어가는
인생은 고통의 뿌리처럼
언제 죽을지 모를 마음의 나무에
오늘도 생명의 물만 주고 있구나

봄의 신랑과 신부

하얀 벚꽃이
봄에게 시집가던 날
아름다운 새색시 보려
사람들은 손잡고 구경하며
아이들은 뛰놀고
엿장수 북소리 장단 맞추네

개울 건너 버드나무 신랑
설익은 잎 내밀어
흔들흔들
봄 신부 맞이할 준비 덜 되었나
구경꾼 많아서 부끄러우나

나는
신랑 신부 주례되어
기다리고 있네

해탈

세상사 무거운 짐을 짊어지고
인적 없는 깊은 산 속에서
사랑, 오만, 욕심, 근심
불 속에 태워버리리라

내 몸을 휘감고 있는 모든 것을
하나하나 벗어 던져
바람아 너에게 날리면
허공에 던져 버려다오
몸에 찌든 삶도 햇살에 태우리라

산새 나뭇잎에 숨어
해탈하는 나를 훔쳐보며
소리 없이 눈만 깜박거리니
내 마음 알아주니 다행이구나

어쩌란 말이냐

어두움이 검은 모자 쓰고
뚜벅뚜벅 다가와
세상을 잃어버린 나에게
또 다시 눈물 흘리게 한다

어두움이 싫어 도망가다
하늘을 보니 별은 좋아라 웃고
귀가에는 풀벌레 노랫소리
가을밤은 춤추며
나를 조롱하는구나

아 어쩌란 말이냐
이 밤은 나를 두렵게 만드는데
나는 어쩌란 말이냐

정

스쳐 지나가는 정 무수하지만
나 홀로 간직하고 싶은 정이기에
몸 뉘어 본 곳
정들어 깊은 자국 그윽한데

쉬 떨어버리지 못하는 정
태양이 지면 달이 비추듯
이제 또 다른 정 맞으니
당신과 설은 이별하려 하오

혹이나
나 몰래 감추어둔
당신의 고운 정 있거들랑
부드럽게 지나가는 실바람에

풋사랑

꽃봉오리 보일까 두려워
따스하게 부는 바람도 아닌 봄바람에
잠시 눈 감고 있으니 피어버린
개나리꽃을 보기가 싫다

봄 아지랑이 무서워서
제 몸에 새싹도 없이 의미도 없이
가느다란 햇살에
살랑거리는 바람에 피어나는
벚꽃을 만지기는 정말 싫다

찬바람에 울부짖고
타오르는 태양 아래 목마르고
벌레소리 새 울음소리에
세월의 고뇌를 나누며
언제나 푸른 잎의 소나무가 좋다

향기로운 꽃도 없고
아름다운 열매가 없어도
세월에 시달려 온몸이 썩어 가는
언제나 변함없는 정자나무가 좋다